KB092915

# 바람처럼 구름처럼

# 바람처럼 구름처럼

지현경 제11시집

대양미디어

# 서문

나는 주어진 일에 충실히 살았다.

백 번을 변해도 변하지 않는 것은 질서다.

이탈자는 죽고 만다.

열심히 일하고 짬짬이 생각하면 길이

보인다.

힘든 일 할 때마다 더 넓고 더 큰 꿈이

그려진다.

겪어본 사람만이 이해할 것이다.

부피가 크고 작은 것도 만져보고, 들어보고,

열어보고, 체험하지 않으면 모른다.

질감이 어떤지를!

이와 같이 많은 역경 속에서 사람은

인생의 참맛을 아는 것이다.

2022년
옥상 정원에서

# | 차례 |

서문 _ 5

**제1부 내 곁에는**

꿈속의 고향 _ 15

날씨가 흐릴 때면 _ 16

몽당연필 _ 17

사랑 _ 18

3단계 조치 _ 9

잠든 꿈 _ 20

양지쪽에 난 풀잎 _ 21

내 곁에는 _ 22

만족 _ 23

악담 _ 24

고향산천 _ 25

우장산공원 _ 26

금세 가버렸네 _ 27

깡통 철학 _ 28

준창단 _ 29

## 제2부 친한 내 친구

나 바빠요 _ 33

추억 이야기 _ 34

초등학교 시설물 _ 36

영생 _ 38

옛정 _ 39

쓸쓸한 연말 _ 40

새벽하늘 _ 41

한서린 가슴 _ 42

친한 내 친구 _ 43

새들 쫓는 코로나 _ 44

버팀목 자금 _ 45

양 날개 _ 46

코로나 _ 47

단물 빠진 수숫대 _ 48

일은 때가 있다 _ 49

수많은 발자국 _ 50

집콕 _ 51

## 제3부 임의 입술

노래로 즐기는 인생 _ 55

밤은 괴로워 _ 56

황혼의 그림자 _ 57

피아노 음률 _ 58

사랑은 _ 59

공염불 _ 60

끈 떨어진 나그네 _ 61

늙은이 눈물 _ 62

재주 없는 그 _ 63

보낸 전화 _ 64

임의 입술 _ 65

빈 낚시 _ 66

풍상 _ 67

새벽 청소차 소리 _ 68

기다림 _ 69

0시의 친구들 _ 70

나이를 먹다 _ 71

## 제4부 무거운 몸

방콕 _ 75

시문 _ 76

순간의 천국 _ 77

튤립의 얼굴 _ 78

나는야 _ 79

기다리는 시간 _ 80

뒷모습 _ 81

향내 나는 마음 _ 82

나누면 커진다 _ 83

모아둔 우산 _ 84

밤에 핀 꽃 그림 _ 85

우장산 축구장 _ 86

무거운 몸 _ 87

세월 따라 길 따라 _ 88

내 생에 이런 일이 _ 89

인연 줄 _ 90

내가 쓴 글 몇 자 _ 91

## 제5부 병원 가는 날

마음이 울적해서 _ 95

회한 _ 96

친구 생각 _ 97

벚꽃잎 _ 98

내 가슴 울리는 옛노래 _ 99

내 청춘 _ 100

바람처럼 구름처럼 _ 101

잠 깨어 _ 102

축구 인생 _ 103

우리집 부추밭 _ 104

길을 걷다가 _ 105

콩 머리 _ 106

그 사람 흔적 _ 107

허무한 인생 _ 108

병원 가는 날 _ 109

지우고 싶은 시간 _ 110

나 편할 때 _ 111

## 제6부 기다림

깊은 밤에 _ 115

천지운명 _ 116

생명 _ 117

산비둘기 _ 118

술잔 _ 119

기다림 _ 120

표지석 새긴 사람들 _ 121

화창한 날에 _ 122

생각은 무 _ 123

허무 _ 124

인생극장 _ 125

나의 어머니 _ 126

그리운 추억 _ 127

내 청춘 어딜 갔나 _ 128

봄기운 _ 129

글 길 백 리 _ 130

날이 갈수록 _ 131

# 제1부

## 내 곁에는

언제나 내 곁에는
좋은 친구가 있어
늘 나는 기쁘다오
나는 외롭지 않아
나는 언제나 즐거움이
넘친다오
찾아오는 사람마다
반갑고
만나면 그렇게도
좋을까
날마다 지는 해를
바라보면서
오늘도 끝없이
길을 떠난다.

– 「내 곁에는」 전문

# 꿈속의 고향

내가 살던 고향은
언제나 내 고향이네
시도 때도 없이
꿈속의 고향이네
옛 분들과 일하고
동무들과 놀던 모습이
지금도 꿈속에서 즐거워하네
떠나온 지 53년
그 자리 그 모습
그대로인데
기뻐서 깨어보니
온데간데없구나.

# 날씨가 흐릴 때면

날씨가 흐릴 때는
농작물을 걱정하고
바람이 심할 때는
쓰러질까 걱정했지
온 가족이 일 년 농사
내 몸같이 사랑하며
하루도 마음 놓고
깊은 잠 못 이뤘네
손끝이 다 닳도록
풀을 매던 그 시절
흘러간 세월은
말이 없구나.

# 몽당연필

오래 쓴 연필 한 개가
세상을 바꾼다
고운 말 모가 난 말
곱고 거칠 때마다
나뉜 말들이
세상을 뒤흔든다
제아무리 훌륭한 말도
연필 끝에서 나오고
세상을 바꾸는 데도
쓰던 연필 한 개면
족하다.

# 사랑

주지 않는 사랑은
받지도 못한다 했는데
정도 주고 사랑도 주고
나누는 사랑이
먹고 살기 위해서
한눈팔 시간이 없었다네
인간의 본성이 사랑이라면
인생의 삶이란 먹고 살기가
으뜸 아니던가
이것도 저것도 쥐기란
힘든 삶이었다
때늦은 청춘 시절 후회도 했건만
언제인가 내 곁에는
사랑하는 아내가 있었네.

# 3단계 조치

코로나가 뭣인디
앞에 서 있어도
만나지 못하고
이웃에 살아도
찾아갈 수가 없네
이게 뭣이란가?
이게 사는 거여?
참으로 기가 막힌다
내 평생 이런 꼴은 처음이여
참말로 못 살겠네 못 살어!
언제까장 가야
끝날 것이어
무작정 기다리라 하니
기막힌 노릇이야
참말로 환장하겠네!

# 잠든 꿈

내가 조금 더 알았더라면
내가 더 많이 배웠을 것을
내가 못 배운 한으로
할 일을 못 힌다
세상은 넓고도 좁아
한 수 위를 달리는데
세상은 더 넓어서
재벌도 그 무엇도
부럽지 않다
내가 못 배워 눈이 없어
두 법에서 헤어나지 못하는구나.

# 양지쪽에 난 풀잎

찬바람 피해서 햇빛 머금고
잠자던 작은 풀잎들이
엄동설한 피해서
양지쪽 찾아 나섰다
함박눈이 얼굴 덮어도 끄떡없고
찬바람이 휘몰아쳐도
흔들림이 없으니
너는 행복하지 양지쪽 풀잎들아
겨울이 온다고 누가 말해주었니
양지쪽이 따뜻하다고
누가 자리 잡아 주었니
논둑 밭둑 위에는 견딜 수가 없어
미끄러지고 뒹굴며 비바람에 밀려와
고생고생하면서 둑 밑 양지쪽에
자리를 잡았구나
풀잎들이 나지막한 몸짓으로
잎을 흔든다.

## 내 곁에는

언제나 내 곁에는
좋은 친구가 있어
늘 나는 기쁘다오
나는 외롭지 않아
나는 언제나 즐거움이
넘친다오
찾아오는 사람마다
반갑고
만나면 그렇게도
좋을까
날마다 지는 해를
바라보면서
오늘도 끝없이
길을 떠난다.

# 만족

비싼 음식 사 먹고
마음 쓴 사람들과
뒷골목 포장마차에서
술을 마신 사람들은
마음 구석구석이
무엇이 다를까
밟아온 삶을 다르게 논하네
짧고 굵어 앞을 가도
근심이요
길고 가늘어도
사랑의 눈물이
뜨거운 삶 아니던가.

# 악담

참다못해 내뱉은 마지막 말이
악담이다
한마디 툭 주는 말은
천천히 헤아려보면
선한 마음이 쌓여서
터진 말이다
우리의 마음은 항상
부드럽고 아름답다
가다가 굴곡에 걸릴 때는
큰 숨 한 번 쉬는 것과 같다
더 끌고 가면 진짜 악담이 된다
있는 마음 없는 말까지 함께
수문 밖으로 흩어져 버린다.

# 고향산천

산과 들은 옛 모습이로되
마을에 들어서면
옛 모습이 아니다
사람도 떠나고 새들도 따라나섰으니
어찌 고향이라 하겠는가
우뚝 선 큰 소나무도 베어지고
늙은 감나무들도 따라가 버렸네
대대손손 후손들도 마을 어귀에
보이질 않아
누가 우리 마을을 지켜줄거나
떠나는 내 발길마다
서글픔 뿐이다.

# 우장산공원

산에 산에 푸르른 나무
숲을 이루고
검덕산 우장산도
향기 품었다
강서구 중심 공원
기우제 지내던 이곳
사람들은 바뀌었어도
산은 여유롭다
돌아온 선거 때마다
절만 하지 말고
아름다운 우리 고장
우장산을 가꾸자.

# 금세 가버렸네

흐르는 물길은 다시 잡을 수가 없는데
나는 어찌 세월을 잡으려 하는가
알 수가 없다
찬바람이 벌써 왔다 갔는데
지금도 내 손발을 적시는구나
죽기 살기 쫓기던 시절도
얼음 깬 물통에 얼굴을 묻던 시린 손에도
부모님 얼굴이 지워지지 않았다
그때 그 얼굴 다시 볼 수가 없어
지금도 생각하면 숨이 꽉꽉 막힌다
그 세월이 금세 가버렸으니.

# 깡통 철학

묶인 깡통 줄 흔들면 시끄럽다
너도 잘났다 나도 잘났다
똑같은 깡통끼리 치고받는다
어느 깡통이 더 길났나
어느 깡통이 못났나
판사는 판결했다
똑같은 깡통이라고.

# 중창단

도랑물 졸졸졸
풀잎을 간지럼 태우니
풀잎도 한들한들
춤을 추는구나
미꾸라지도 피라미도
함께 꼬리 춤추니
졸졸졸 한들한들
하모니를 이룬다.

제2부

# 친한 내 친구

헤어질 때 그 모습
볼 수가 없네
만날 때 반가워서
어쩔 줄 몰랐는데
헤어질 때 내 모습
볼 수가 없네
만나고 또 만나도
볼수록 반가운데
헤어지니 내 마음
붙잡을 수가 없네.

–「친한 내 친구」전문

# 나 바빠요

단잠 한숨 자고 나서
하루를 살아간다
초침 분침 쫓다가
하루해가 다 지나간다
이마에 주름은 속도 없구나
나 늙어 서러운데
가는 세월 어쩌자고
너마저 따라오니.

# 추억 이야기


날마다 흐르던 논고랑
물속에서 함께 놀던 곤충들이
송사리들과 동무한다
봄맛이히려고 모여들어
오순도순 놀고 있는데
미꾸라지가 점심 먹으려고
안식구와 나타났다
지나던 논 주인이
물길을 막아버려
흐르던 물줄기가
뚝 끊어져 버렸다
분위기 좋은 논고랑에
놀던 친구들이
목이 말라 사경을 헤매는데
속도 없는 미꾸라지 부부가
불이끼로 배를 채우고 있었다

지나던 지현경 어린이가
논 주인이 가신 뒤에
슬쩍 물길을 터주었더니
곤충도 송사리 식구도 미꾸라지도
모두가 기뻐하며 헤엄쳐 가더라.

# 초등학교 시설물

아장아장 꼬마가
초등학교에 들어갔다
엄마 품을 떠나니 대견해 보인다
선생님도 엄마들도
넘어질까 다칠까
손발이 저린다
이렇게 걱정되는 학교 운동장에는
여기저기 도사리는 위험물들 천지
축대도 칼날이요
설치물들도 모서리라
분잡한 어린이들이
씨름판에서 장난치면
여기저기 날 선 경계석이
어린이들을 노려본다
학교 선생님들은 수입품인가
교장 선생님도 모조품인가

몇 번씩 말을 해줘도
아무 소용이 없다
그들이 교단에 서면
우리 어린이들을 어찌할꼬.

# 영생

누가 날 보고 구름이라 했는가
누가 날 보고 바람이라 했는가
차라리 차라리 빗물이라 하지
흩어지고 부시지는 한 조각 되어
영원한 세계로 날아가서 탄생하면
꿈도 희망도 영광도 품안에 안으리.

# 옛정

너와 내가 함께 가다가
흔적조차 지워지면
우리 함께 떠나지
남는 것도 세월 가면
지워지는 법이네
타향에 남긴 이름
구름 따라 가고
어린 시절 놀던 자리
흔적이 지워져 가네
오늘 내가 여기 있다고
그림자만 따라와 머무니
높은 곳 낮은 곳을 쫓다가
어디로 가려하는가?

# 쓸쓸한 연말

가도 가도 끝이 없는 인생길
나그넷길
수많은 별을 헤며 명상에 잠긴다
기쁜 일 슬픈 일 별처럼 반싹이는데
몸은 중고품 되어 두 짐 석 짐 되는구나
향기 나던 그 시절엔
벌 나비도 오더니만
낙엽 되어 시드니 그냥 가네
더 늙기 전에 더 쓰고
더 가기 전에 모았더라면
나는 외롭지 않을 것을.

# 새벽하늘

새벽하늘 바라보니
달빛은 더 밝아
추위도 모르고
마당 감나무는
나를 동무해주는구나
찬바람은 더욱 강해지고
적막은 깨어가니
하루 남은 2020년 12월 31일
시간만 뽀짝뽀짝 다가온다.

# 한서린 가슴

간장을 훑어내리는 소리 소리가
시였나요 한이었나요
무엇이 그렇게도 한이 많아서
소리소리 이치시나요
슬픔도 가져가고
웃음도 가져가고
수많은 슬픈 사연
모두 다 내버리고
훌훌 털고 가시라요
마음 편히 가시라요
남겨둔 자식들은
제 복에 살아갈 테니
훌훌 털고 훌훌 털고
마음 편히 가시라요.

# 친한 내 친구

헤어질 때 그 모습
볼 수가 없네
만날 때 반가워서
어쩔 줄 몰랐는데
헤어질 때 내 모습
볼 수가 없네
만나고 또 만나도
볼수록 반가운데
헤어지니 내 마음
붙잡을 수가 없네.

# 새들 쫓는 코로나

옥상 정원에도 출입금지라
친구들이 못 오는데
날마다 날아오는 새들도
안 오는구나
모이 들고 정원에서 기다려도
일요일엔 요놈들이 모이질 않네
쌀 한 컵 접시에 담아 놓고
한참을 기다리니
회색 비둘기 한 쌍 날아와서
조용히 먹고 가네.

# 버팀목 자금

소상공인들의
버팀목 자금이란다
얼마나 힘이 들면
버티면서까지
살아야 하나요
없는 이들만 고통인가
있는 이들은 웃음인가
어려운 소상공인들만
피나는 고통이네.

# 양 날개

사람들은 사상이 다르고
신앙도 다르다
뿌리는 하나인데
머리는 흔들흔들
위에 익어간 붉은 감은
뿌리 마음 모르고
받쳐주는 뿌리 마음
홀로 앉아 외롭구나.

# 코로나

1967년 때 인기 좋던
코로나가
2020년에 그 이름이
마녀로 변했구나
언제는 인기 좋아
서로 타고 다니더니
이제 와서 지긋지긋하게
세계를 휩쓴다.

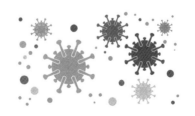

# 단물 빠진 수숫대

달달한 물을 주면
모두가 좋아서 따르더니
단물 빠져 심심하니
아무두 안 오네
잘 나갈 때는 줄을 서서
얼굴들이 보이더니
푸석푸석 저무는 수숫대라
더더욱 찾는 이가 없구나.

# 일은 때가 있다

혈기 왕성한 젊음이 한창일 때
하고 싶은 일들이 눈앞에 있는데도
잡을 끈이 없어서 시들어버린다
골짜기로 걸어 살아온 사람이라
잡을 때가 없었고
등선을 오를 때도 끈이 없었다
오직 기어서 오르고 보니
해는 뉘엿뉘엿 산 끝에 머무르고
지기 전에 빛을 발하고 가려 하니
용도가 다 되었다
왕성했던 젊은 그 시절이
그립기만 하구나.

# 수많은 발자국

주워 담고 내버리고
걸어온 76년
쓸 것 못 쓸 것
담고 버리면시
여기까지 왔다
쓰라린 가슴 움켜쥐고
힘들었던 고비마다
참아가며 여기까지 왔다
하늘 보고 말하노라
육신은 늙고 정신은 남아있어
아직도 할 일이 많이 남아있다고.

# 집콕

눈 흐려지고
귀 울어대고
이도 흔들거려
먹지 말고 집으로
가라 하네
그 집은 영원하니까.

# 제3부

## 임의 입술

보면 볼수록 예쁘다
그대 입술

돌아서 가려 해도 내 발길
떨어지지 않네

떠나는 내 마음 그대 입술에
젖는다

촉촉한 봄기운처럼 따스한 그대 입술
내 입맞춤에 와 있네.

– 「임의 입술」 전문

# 노래로 즐기는 인생

노래를 부르면 즐거워지고
노래를 부르면 슬픔도 깊어만 간다
외롭고 괴로울 때도 노래가 있어
다시 힘을 얻고
노래가 있어 눈물을 닦는다
누가 내 마음 알랴
누가 내 손을 잡아주랴
노래가 있어 함께 살아왔다
노래는 나의 친구
기쁨과 슬픔도 나눠가니
나를 있게 해준다.

# 밤은 괴로워

지루한 긴긴밤을
오늘도 맞이한다
방콕이라는 신조어가
밤을 더 깊게 하고
1년이란 허송세월은
내 가슴에 별빛만
더욱 반짝인다
하던 일은 손을 놓고
한숨만 쉬는 우리
날마다 은행이자 뒤쫓아오고
달마다 가겟세도
소리소리 지른다
이러니 어찌하나요
저러니 어찌 사나요
캄캄한 나날을 괴로움에
밤새워 우는 새.

# 황혼의 그림자

얼마 남지 않은 시간
정원을 꾸미고 나면
벌써 나는 백발이라네
내가 심어둔 나무들은
그 세월에 큰 성수목이 되었다
정이 들자 나무들은
이 정원을 지키고
나는 나무들을 생각하면서
손끝으로 만지며
황혼을 걷는다.

# 피아노 음률

건반이 먼저인가
소리가 앞에 있는가
두들기다 건반 치다
손가라이 춤을 춘다
치고 빠지는
그 손가락 끝에서
아름다운 음률이
온몸을 울린다
고요한 파장으로
나의 가슴을 파고드니
눈은 이슬이 맺히고
내 마음은 나를
슬며시 움켜쥔다.

# 사랑은

내 곁에는 사랑이 없다
내 곁에는 우정이 있다
주는 사랑 받은 우정이
사랑이라 하지요
내 곁에는 사랑이 없다
모두 다 나눠줬으니.

# 공염불

푸른 산 깊은 계곡
산사에 앉아
하늘을 바라보니
한 생각 일어나
만상이 여유롭구나
밤은 고요한데
간간이 불어온 찬바람에
뻐꾹새가 우니
산사의 도반들이
두 손 모아
무엇을 구하려 하는가?

# 끈 떨어진 나그네

갈대밭 사이에 홀로 앉아
대 낚싯줄 물에 담그니
흐르는 물줄기가 찌에 걸려
물살을 가른다
비 온 뒤 강물이 불어나
민물고기 떼로 올라오니
빈 대바구니가 너무나 작아
넘치는구나.

# 늙은이 눈물

강가에 홀로 앉아
눈물 흘리는 저 늙은이
외로이 고향 그리며
쓸쓸히 앉아있네
집안 친척 극락 가는 길
찾아뵙지도 못하니
어찌 사람이라 하겠소이까
사방 천지가 코로나라
오도 가도 못하니
이 일을 어찌할까나
사람 도리도 못 한 사람인데.

# 재주 없는 그

글재주 없는 내가 글을 쓴다고
연필 들고 종이 위에 그림을 그려본다
쓸짝없는 속내를 내뱉는 표현들이
별것도 아닌가 했더니만
눈물이 담겨있다
너도 한세상 나도 한세상
두서없이 살았었지
나 사는 길 못 와보고
너 사는 곳 못 가보고
우리 서로 한세상을 허덕이다
여기까지 왔네 그려!

# 보낸 전화

열 번을 울어도 받지 않고
한나절을 기다려도 오지 않은 전화
스무 번 울어야 들리십니까
영글어 가다가 쉬이가니
중간에 농익어버렸구려
새근새근 자지 말고 정신 꽉 붙드세요
우리는 한 무리라오 손 놓지 맙시다
쉼 없이 노 저으며 강도 건너고
목이 마르면 우물 찾아 축이고 갑시다
가는 길 천천히 서둘지 말고
못 다해둔 세상살이 고목에 묶어두고
민들레꽃 진달래꽃 향기에 취해봅시다.

# 임의 입술

보면 볼수록 예쁘다
그대 입술

돌아서 가려 해도 내 발길
떨어지지 않네

떠나는 내 마음 그대 입술에
젖는다

촉촉한 봄기운처럼 따스한 그대 입술
내 입맞춤에 와 있네.

# 빈 낚시

오늘 밤에도 빈 낚싯줄
허공에 던져놓고
기다리고 있는 그 사람
날이 밝아 외도 빈 찌가
꼼짝도 안 하네.

# 풍상

여미는 옷고름에
사연도 많다마는
여인의 가슴속에
한도 많다 하셨네
옷고름 감아 매고
하늘 한번 쳐다보고
옷고름 풀어놓고
눈물 한번 한숨 한번.

# 새벽 청소차 소리

어제는 부스럭부스럭
잡동사니 쓰레기들 거둬가고
오늘은 딸그락딸그락
분리수거품 싣고 기는 청소차
출퇴근할 때마다 흩어진 조각들
담아두면 깨끗하게 치워주고
상품 포장지, 시장 봐 온
비닐봉지가 수북하게 쌓여
하나둘씩 가려가면서 분리해두면
비바람에도 눈길에도 가리지 않고
깨끗하게 치워준다
고생하는 청소차 아저씨들.

# 기다림

불어오는 바람처럼
기다리는 내 친구들
구름처럼 찾아오는
소식을 기다린다
아지랑이 왔다가
훨훨 날아갈 때면
막아선 코로나야
너도 함께 가거라
세상이 출렁이니
한 해가 가버렸네
새해가 돌아왔으니
마스크 내버리고
일터로 나가서
일이나 좀 하자꾸나.

# 0시의 친구들

누구는 늙어가니 잠이 많아지고
나는 늙어가니 잠이 안 온다
무슨 생각이 그렇게도 많을까
또래들이 삶인데 앙 길래 길일세
귀도 그만그만 몸도 그만그만
나이도 그만그만
잘 먹고 잘 자면 장수의 비결인데
먹는 것은 고만고만하나
상념의 잠을 재울 수가 없구나.

# 나이를 먹다

내일이면 불변의 나이를
또 먹는다
늙은이나 젊은이나
뺄 수 없는 나이
정확한 시간에 계급장 하나
더 붙인다.

## 제4부

# 무거운 몸

봄이 오면 새싹들이
꿈틀꿈틀 솟아 나오고
사람들은 일터에서
살길 찾아 헤맨다
축 늘어진 한 몸뚱이
나른한 봄날에
문밖을 나서려니
천근만근 발길이 무겁다
지난날 했던 일들이
골병으로 남아서
버리지도 못하고
평생토록 달고
살아간다.

– 「무거운 몸」 전문

# 방콕

신종 코로나는 춤을 추고
사람들은 우왕좌왕
어디서 왔는지 몰라
거리는 텅 비고
나라 꼴은 뒤죽박죽
여기저기서 보가 터지니
천국이 방콕이라
집 밖을 나가면 벌금이라네.

# 시문

글은 아름답다
훈풍에 아지랑이가 나르듯
글은 포근하다
마음을 열어두면
그대 가슴에 안기고
사랑을 나누면
그대 눈가에
이슬이 맺힌다
글은 영원하다
따뜻한 마음으로
그대에게 말하고
부드러운 글씨로 전하면
그대는 오래오래 기억되리.

# 순간의 천국

병상의 천국 나는 헤맸다
말을 해도 들리지 않고
손을 잡아도 무아의 지경
만물은 모두가 멈춰서 있었다
사람들은 표정이 없었고
감각도 느낌도 없었다
모두가 유령의 영혼들뿐이었다.

# 튤립의 얼굴

얼음을 녹이고 눈을 헤치며
솟아난 옥상 정원에
튤립 가족들이
얼굴을 내밀었다
우리는 코로나로
얼어붙어 있는데
너는 자태를 뽐내며
봄을 찾는구나
너의 동네는 코로나가
오질 않았느냐
우리는 온통 난리란다
4차 재난지원금을
또 준다는데
우리는 참으로 살기가
팍팍하단다.

# 나는야

진한 향내를 품어낼 줄 알아야
글쟁이라 하는데
말이 앞뒤로 갔다 세우지 말고
깊은 우물 속에서 길러내온
시원한 찬물 같은 게 글쟁이다
껍질만 반들반들하게 멋을 부리니
보고도 맛이 없다
터프한 말속에는 또 진솔한 내 흠이
담겨 풍겨 나오니
가슴을 때리며 놀라게 한다
그러한 글을 읽을 때마다
나는 기뻐서 울고 웃는다.

# 기다리는 시간


젊음이 넘칠 때는
눈만 뜨면
시간이 기다려지고
시간이 돌아올 때는
가슴이 쿵덕거리고
늙어서 눈을 뜨니
이놈의 시간이
왜 이리도 안 가는지
할 일도 없으면서
눈만 말똥말똥
이 생각 저 생각에
깊은 잠을 쫓는다.

# 뒷모습

돌아보면 볼수록
아름다운 길이었다
높은 곳도 낮은 곳도
욕심 없이 걸었다
가다 보면 아름다운
웃음소리도 들었다
쉬어가면 하루해도
얼마 남지 않았었다
인생길 욕심 없이 살다 보면
길이 있었다
거친 것 멀리하고
부드럽게 말을 하면
행복은 나를 기다린다.

# 향내 나는 마음

형제자매의 인연은
하늘의 뜻이요
친구 간의 인연은
사회가 이어주는 다리
선생님과 인연은
신의 주선으로 만남이요
자연과 만물의 교감은
하늘과 땅의 기운이라
우리가 숨 쉬고 보고 듣고
말하는 행함은
한순간의 깨달음이다.

# 나누면 커진다

작은 것을 나누면
정이 더 커지고
하찮은 것으로
마음 건드리면
감정이 커진다
날마다 만난 사람도
갈등이 있고
가끔 만난 사람이라도
정은 두텁다
간사한 사람이라도
보듬어 주면 따르고
친한 사람이라도
인격몰이하면 멀어진다.

## 모아둔 우산

맑은 날엔 외면하고
비가 오는 날엔
대접받는 우산
오늘은 지인이
찾아 왔는데
때아닌 소낙비는
쉬지 않고 내리고
가실 때는 넉넉한
우산으로 골라드려
최고의 쾌적한 선물 되리라.

# 밤에 핀 꽃 그림

고요하고 깊은 밤 음성
잠재운 꽃 그림
누가 말했나요
그리운 사람을
깊어만 가는 꽃 그림
손에 잡힐 듯 말 듯 지나가네
추억도 함께 가네
가만가만 TV 켜 보지만
어제 그 얼굴들은
깊은 잠이 들었겠지
스쳐 가는 청춘 시절은
그 옛날의 연극이었네
주름져간 인생극장 오늘 밤에도
꽃 그림 그리면서
얼굴 지워져 가네.

# 우장산 축구장


차고 뛰고 주고받고
둥근 공 하나 쫓아간다
운동장에 모인 친구들
한결같이
서른부터 만난 친구들이
여든이 되었다
이리 가고 저리 눕고
떠난 친구들 그리워라!
여생을 남김없이
힘차게 뛰면서
건강하게 아흔 살까지
뛰어가세.

# 무거운 몸

봄이 오면 새싹들이
꿈틀꿈틀 솟아 나오고
사람들은 일터에서
살길 찾아 헤맨다
축 늘어진 한 몸뚱이
나른한 봄날에
문밖을 나서려니
천근만근 발길이 무겁다
지난날 했던 일들이
골병으로 남아서
버리지도 못하고
평생토록 달고
살아간다.

# 세월 따라 길 따라

지나간 자리는
발자국만 남기고
돌아간 세월은
얼굴 주름만 남는다
돌아가는 물레방아는
쉴 줄 모르는데
내 손과 발은
왜 이렇게도 뻣뻣할까
주름진 내 얼굴이
나를 보라 하는구나.

# 내 생에 이런 일이

전쟁보다 더 무서운
코로나바이러스가
전 세계를 휘젓는다
날마다 쓰러지는 만민들을
긴장 속으로 끌어당긴다.

# 인연 줄

주름진 계곡 아래
흐르는 물
강가에 앉아있는
임의 모습
그려봅니다
새록새록 떠 오르니
지울 수가 없구려
마디마디 그 얼굴
오늘도 스쳐 가니
그 임이
새벽을 깨웁니다.

# 내가 쓴 글 몇 자

내가 한 말 몇 마디가
사방으로 날고
내가 써놓은 글 몇 자도
지인들과 만나서
정담 내놓고 나누니
한 점 두 점 모아서
백지에 담아 둔다
진솔한 그 마음들이
가슴을 설레게 한다
살아온 질곡들이
지워져 간 시간에
내 손을 꼭 잡고
천천히 가자 한다.

## 제5부

# 병원 가는 날

나이 일흔여섯 살
늙은이가 되었으니
만고풍상 다 겪었고
중고품이 되었다
총기가 빛나던 때는
척척척 외워지더니
하나둘씩 달아난
내 기억들
어디로 가버렸나
가끔 이름 석 자도
기억을 더듬거린다
낡은 밧줄이 힘없이 끊어지듯
내 기억도 흐려져 가니
검사라도 받아야 하나?

– 「병원 가는 날」 전문

# 마음이 울적해서

옥상에서 거리를 내려다보니
눈길은 짧아지고
운동기구 페달을 돌리니
다리가 후들거린다
저 멀리 발산역 사거리도
뿌연 모습이다
내 모습 따라 오는
그림자가 아닌가
멀어져간 길 위에
빨간 불빛 자동차 후미등
나 오늘도 그 길을
지나왔었지.

# 회한

아쉬움 남기고 떠난 자리
그 자리
새순 자라나서 또 꽃피네
늙은이 눈물 가시기 전에
그 자리 누군가가 채워주리라
슬픈 인생 걸어온 막장 길에
남긴 흔적
임도 쉬어가라 말하는구려.

# 친구 생각

봄비에 벚꽃 잎 떨어지니
지난날 나와 함께 했던
그 친구들 생각난다
활짝 핀 꽃잎 보면
내 마음 구름 위를 날고
봄맞이 나들이하며 꿈도 키웠지
그 옛날 내 친구들 어딜 가고
나 혼자 남아서 그 길을 걸으려니
눈물이 난다.

# 벚꽃잎

시들지 마소
필 때 그 얼굴
시들면 슬퍼집니다
떨어져도 울지 마세요
가는 길은 막을 수 없으니.

# 내 가슴 울리는 옛노래

옛 노래가 내 가슴을 울리네
차디찬 가슴에 눈물을
담아주고 가네
떠나는 노랫소리 따라
슬픔일랑 가져가소
질곡일랑 함께 가져가소
잔잔한 이 가슴에
파도를 일으키네
옛 노래가 내 가슴을 울리네
들으면 들을수록 더 파고드네
옛 노래가 가슴을 파고드네.

# 내 청춘

바람꽃 인생 꽃
나는 마음 꽃
가버린 세월 너는
청춘 꽃도 가져갔다
가버린 청춘
어디서 돌려받나
그리운 추억들만
오늘도 밤을 새는구나.

# 바람처럼 구름처럼

사랑 찾아 꿈을 찾아
지나간 내 청춘
바람처럼 소리 없이
가버린 허무한 인생
그래도 사는 것이
목숨줄 못 잊어서
한평생을 걸어왔다
근심과 고통 속에
세월을 다 보내고
팔순을 바라보니
허무한 인생 아닌가
돈도 명예도 소용없고
가는 세월이나 따라가세.

# 잠 깨어

자다가 휴대전화 열어보면
안방 속에 들어와 있다
기쁜 소식들
뒤적뒤적 뒤져보니
바람 소리도 섞여 있다
깊은 밤 고요한 명상 속에
기쁜 소식 즐거운 희망
명상에 가두었다.

# 축구 인생

우장산공원 축구장에
홀로 서 있는 그 사람
얼마나 살겠다고
일찍 나왔는가
날씨가 청명해서
먼저 나왔는가
한식에다 식목일에다
일기도 나를 반긴다
텅 빈 운동장은 기운이 감돌아
그 시간 혼자 뛰어놀면
축구공도 춤춘다.

# 우리집 부추밭

나뭇가지에 앉아
노래 부르는 새들이
쯔르르르 합창하고
부추밭 사이사이에 잡초들도
무럭무럭 솟아난다
라일락 향기에 취한 그 사람은
꾸벅꾸벅 졸고
모두가 이렇게 봄을 알린다
바람이 스쳐 가면
민들레꽃 갓 털이 날리니
올망졸망 머리 내미는
어린 부추들
흙이불을 걷어찬다
십여 일간 시차를 다투며
자라난 아기 부추들이
힘 떨어진 주인 위해 강장 재료로
한 줌씩 몸을 내민다.

# 길을 걷다가

초롱초롱 빛나는 별의 세계가
볼수록 아름다운 세상
젊은 날의 그 눈인데 오늘은
TV 자막 글씨가 희미해져 보인다
이렇게 늙는 것이라 가르쳐 주네
나도 모르는 눈이.

# 콩 머리

가분수 콩 머리가
무거운 고개를 든다
쩍쩍 벌어지는
흙더미 속에서
나오려는데
주먹만 한 돌 한 덩이가
짓누르고 있다
심술일까 우연일까
내 발길을 멈춘다
무거운 돌덩이를
저만치 치워주니
머리 큰 콩 머리가
턱 받쳐 들고 일어난다
자연의 오묘함이 이런 것인가?

# 그 사람 흔적

흔적은 남아있는데
그 사람이 안 보인다
전화번호도 있는데
전화가 안 된다
서산으로 가셨을까
소식이 궁금하다
4월은 만물이 움트는 달
나무들도 겨울옷 벗고
연둣빛 잎 내민다
하지만 그 사람 소식도 없이
어디로 가셨을까?

# 허무한 인생

오늘이 가고 있네
꽃들도 지고 피네
친한 그 사람도 따라가고
계절도 좇아오네
한없는 하세월도
길을 못 막고
너도나도 허덕이다가
낙엽 지듯이 가버리네.

# 병원 가는 날

나이 일흔여섯 살
늙은이가 되었으니
만고풍상 다 겪었고
중고품이 되었다
총기가 빛나던 때는
척척척 외워지더니
하나둘씩 달아난
내 기억들
어디로 가버렸나
가끔 이름 석 자도
기억을 더듬거린다
낡은 밧줄이 힘없이 끊어지듯
내 기억도 흐려져 가니
검사라도 받아야 하나?

# 지우고 싶은 시간

괴로운 것은 믿을 수가 없어
꿈이었으면 좋겠다
슬픈 것은 지울 수가 없어
이야기였으면 좋겠다
살아가는 날들이 힘겨워서
하루라도 기쁜 날이
어서 오기만 기다린다.

# 나 편할 때

자신들이 편하면
소식 없던 이가
살기 팍팍하면
여기저기서 찾아온다
자신들이 잘 나갈 때
관심 없던 그들이
자신들이 힘들 때는
지인이라며 찾아온다
사람은 그 사람인데
두 마음으로 나뉘니
이를 어찌하나요?
그 마음 누가 아나요?

# 제6부

# 기다림

올 때가 되었는데
왜 안 오나 했는데
예쁜이가 날아와서
모이를 먹는다
비둘기 그 이름
예쁜이라 명명하니
곁에 서 있어도
피하지 않는다
한참을 모이 먹고
배가 부르니
하얀 쌀 그냥 두고
날아가 버린다.

– 「기다림」 전문

# 깊은 밤에

가락이 흘러나온 깊은 밤에
천상을 꿈꾸는 사람들이
단잠에 폭 빠져버린다
고요한 어둠을 깨고
영상도 사라진다
소리도 허공으로 사라진다
추녀 끝에 낙수가
반주를 넣는다
가끔 또 천천히
귓전에 귀뚜라미 울고
다시 적막은
깊은 밤을 잠재운다.

# 천지운명

세상천지가 코로나로
야단이다
우주도 블랙홀로
야단이다
이 틈에 사는 우리는
천지분간도 못 하니
사람이 사는 것이 무엇인지
아무도 모른다
하루살이 인생이라
내 앞을 모르고
아등바등 살다가
떠나가는 사람들.

# 생명

떴다가 사라지네
내 마음
쌓다가 무너지네
너의 마음
오르면 내려가고
내려오면 바닥이네
인기가 절정이면
허탈도 크고
돌고 도는 세상이라
앞뒤가 똑같은 것
생과 사는 멸하여
허공일 뿐이네.

# 산비둘기

날마다 먹이 주니
나를 보고 인사한다
때가 되면 찾아와서
두리번거리며 기다린다
비둘기와 참새들이
오순도순 함께 먹으니
바라보는 그 사람도
웃으며 기뻐한다
오늘따라 일광욕까지 하니
최고로 좋은 날일세.

# 술잔

날마다 해마다
정으로 주는 술은
서로서로 나누니
기쁨이다
홀로 앉아 마신 술은
외로워서
가는 날이 바쁘다.

# 기다림


올 때가 되었는데 왜 안 오나 했는데
예쁜이가 날아와서 모이를 먹는다
비둘기 그 이름 예쁜이라 명명하니
곁에 서 있어도 피하지 않는다
한참을 모이 먹고 배가 부르니
하얀 쌀 그냥 두고 날아가 버린다.

# 표지석 새긴 사람들

익산에 저문 꽃은
해를 따라가고
황등에 피는 꽃은
동녘에서 떠 오른다
두 방향에 뜨고 지는 해는
저물어간 사람들이라
불철주야 뛰어봐도
발품만 못하리라
돌아온 복도 굴러온 복도
한 번만 꿀맛 보고 돌아서니
회사는 빈손 쥐리라.

\* 황등석으로 마을 앞 표지석을 새
겼는데 글자를 얇게 파서 다시 깊
이 파라 하니 돈만 챙기고 말았다.
돌에 새긴 글은 깊이 파야 한다.

# 화창한 날에

구름비 가고
맑은 해 나왔네
피카소가 왔다 가니
꽃들도 반기네
더덕들이 옹기종기
작업을 시작하고
먼저 핀 진달래는
시들어 떨어졌네.

# 생각은 무

가고 오는 자리마다
나 쉴 곳이 어디인가
만상의 흐르는 명상이
구름을 헤친다
고요한 우장산에 앉아
그늘도 쉬어가라 하는데
뻐꾸기는 울어대니 나를 울리네
외로이 바라보는 저 늙은이
찰나에 나고 사는 너의
흔적이 무엇이냐
자리 비워 일어서니
그림자도 없구나.

# 허무

어서가세 어서가세
나 자란 고향으로
새들도 반기는
나 살던 고향으로
그 옛날 그 동무들은
모두 다 어딜 갔나
물장구치며 놀던 그 시절이
지금은 추억이네
살겠다고 한평생을
서울살이에 다 바치고
이내 몸 늙어 늙어
끝자락에 서 있네.

# 인생극장

태평은 네 손에 있고
불평은 내 손에 있다
마음과 마음이 함께하면
세상이 온통 태평하고
마음과 마음이 등을 지면
세상은 온통 괴로움뿐이다.

## 나의 어머니

불효자 가슴에는
어머님뿐이네
울고 울어봐도 어머님은
대답이 없으십니다
나 어릴 적에 떼쓰고
어리광부릴 때는
금방 받아주시던 어머니
왜~ 왜 지금은
대답이 없으십니까
76살이 많아서
대답이 없으십니까
천년을 살아도
어머님은 나의 어머니
어버이날이 돌아올 때마다
아버지 어머니 생각에
사무쳐 불러 봅니다
어머니 나의 어머님!

# 그리운 추억

보일 듯이 보일 듯이
보이지 않는
따옥따옥 따오기가
옛 친구였네
그 옛날 함께 놀던
그 동무들 어디 가고
따오기 편에 물어봐도
대답이 없네
어슴푸레 더듬어봐도
도망간 추억들이라
그리움만 더해가니
슬픔도 더해가네.

## 내 청춘 어딜 갔나

날이면 날마다
무거워진 이 몸뚱이
버릴 수도 없고
가꾸기도 힘드네
누가 말했던가
늙으라 했냐고 말이오
세월이 흘러 흘러
낡아버렸다네
청춘 시절의 그 기백도
다 가버리고
용기도 자신도
달아나 버렸다.

# 봄기운

봄 산이 가을 산보다
높지는 않으나
봄에 새순 돋아나오니
푸르고 푸르러
산이 더 아름답다
떨어진 어미 낙엽 위에
어린싹이 자라나고
매달린 묵은 잎도
뒤늦게 떨어진다
새순 봄기운 얻어먹고
감춰둔 꽃봉오리 활짝 열어
지나가는 나그네가
발길 멈춘다
아장아장 어린 꼬마도
엄마 손 잡아당기며
꽃잎에 사랑의
입맞춤을 해 본다.

# 글 길 백 리

밟아온 인생 백 리
달려온 76년
먹고살기 바빠서
땅만 보고 걸었다
이 길 저 길로 험한 길을
무작정 걸었다
닳고 닳은 76년이
낡을 대로 낡았다
뒤늦은 인생길
글 길 찾아서
막차를 잡아타고
여생 꽃길 걸으련다.

# 날이 갈수록

날이 갈수록 아침 운동을 하면
거리가 한산하다
새벽 6시 동네 골목길은
사람 보기 쉽지 않고
흔하던 자동차도 없고 잠잠하다
30분 지나 한 사람씩 보이지만
코로나바이러스는 언제쯤 사라질까
비대면 거리두기로
만나던 사람들마저 멀리해
갈수록 골목길이 조용해진다.

# 바람처럼 구름처럼

초판인쇄 · 2022년 5월 18일
조판발행 · 2022년 5월 25일

지은이 | 지현경
펴낸이 | 서영애
펴낸곳 | 대양미디어

04559 서울시 중구 퇴계로45길 22-6(일호빌딩) 602호
전화 | (02)2276-0078
팩스 | (02)2267-7888

ISBN 979-11-6072-098-3 03810
값 13,000원